D1157840

ALFAGUARA
INFANTIL Y JUVENIL

Ilustraciones de Marnie Pérez Molière

©De esta edición:
2003 – Ediciones Santillana, Inc.
Calle F #34, esquina calle D,
Centro de Distribución Amelia
Buchanan, Guaynabo,
Puerto Rico, 00968

Impreso en Colombia
Grupo OP Gráficas S.A.
①ISBN: 1-57581-436-6

Editora: Neeltje van Marissing Méndez

Una editorial del grupo **Santillana** que edita en:
España • Argentina • Bolivia • Brasil • Colombia
Costa Rica • Chile • Ecuador • El Salvador • EE. UU.
Guatemala • Honduras • México • Panamá • Paraguay
Perú • Portugal • Puerto Rico • República Dominicana
Uruguay • Venezuela

La niña y la estrella

Georgina Lázaro León

Ilustraciones de Marnie Pérez Molière

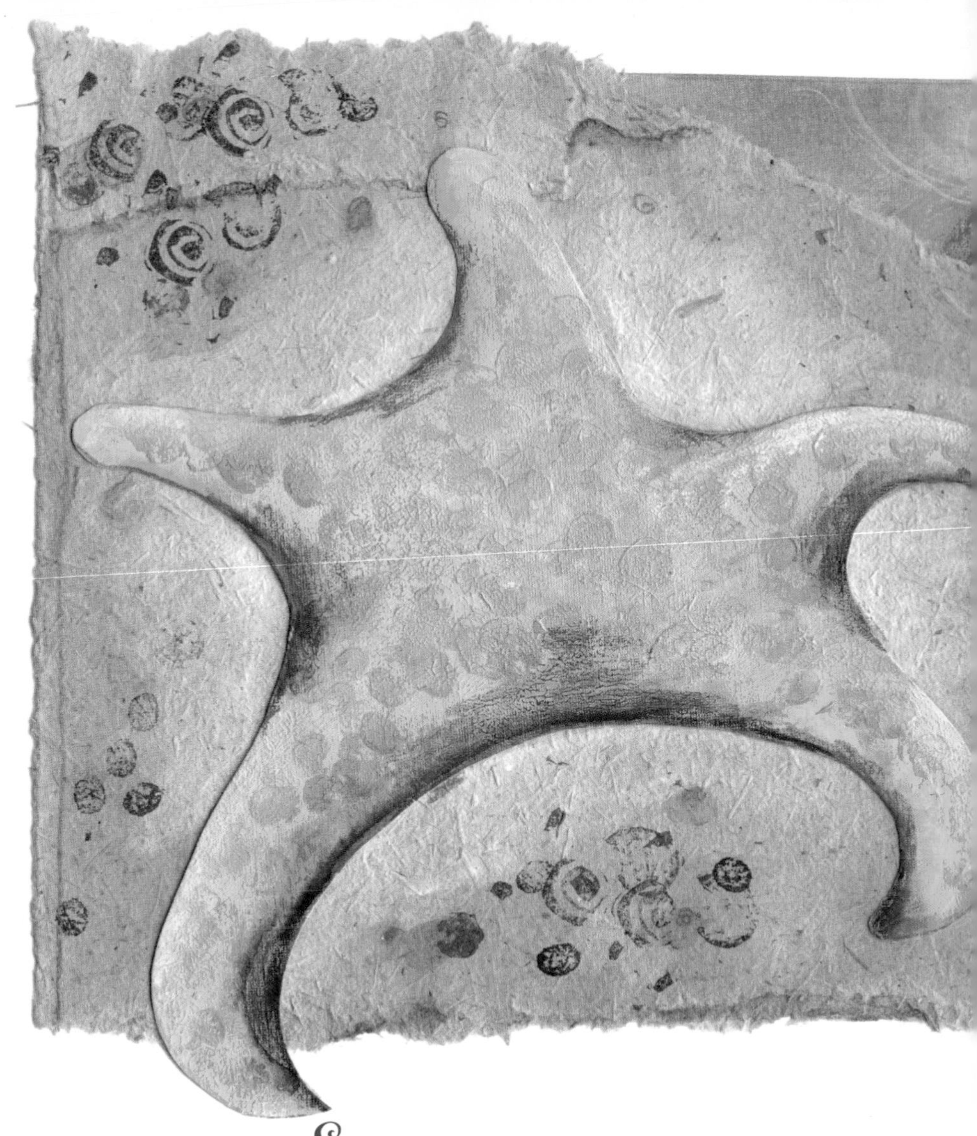

Sobre las arenas
del fondo del mar
vive una estrellita
muy particular.

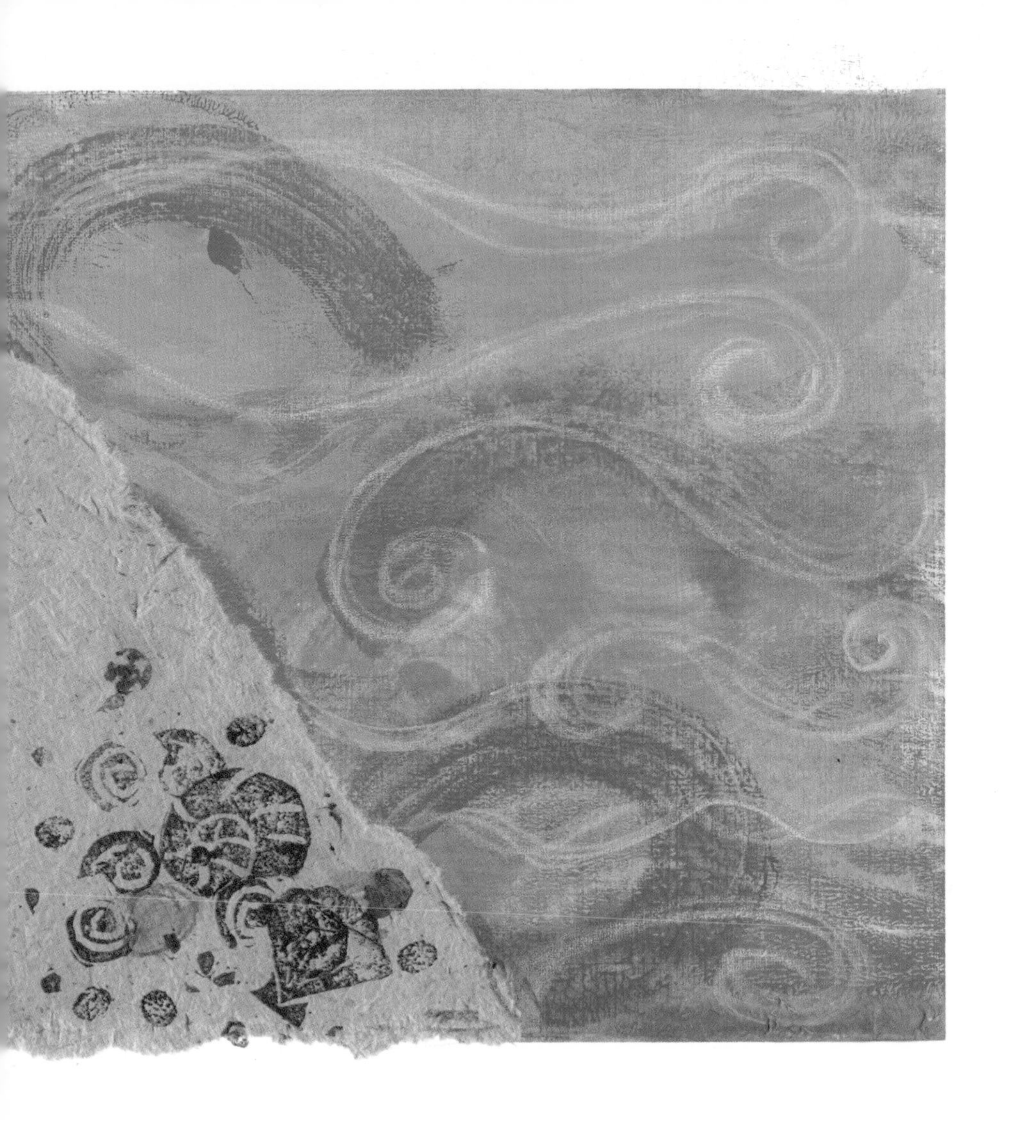

Es de cinco puntas
como las demás,
pero tiene un brillo
casi celestial.

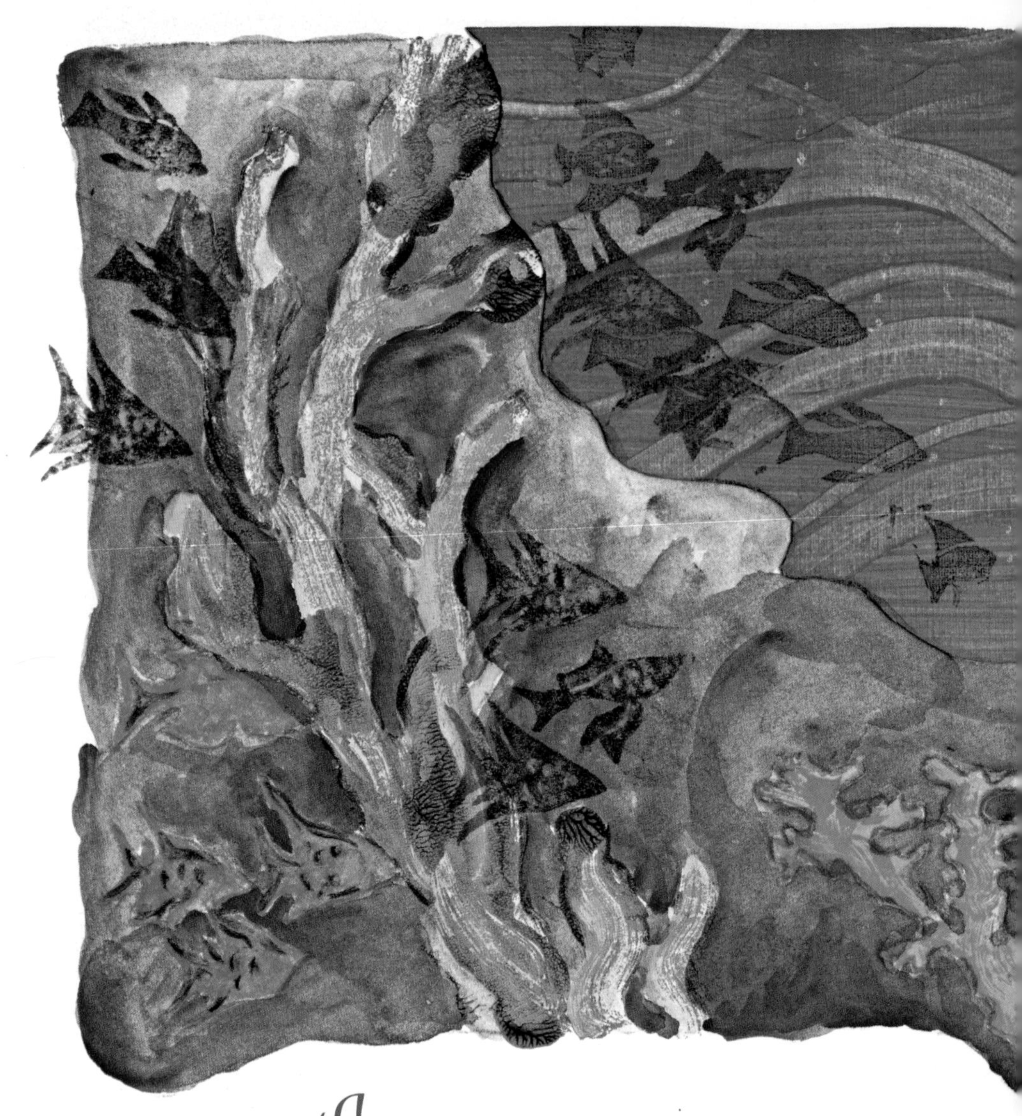

Al verla un coral,
fue tal la impresión,
que se puso rojo
de tanta emoción.

Las algas, serenas,
mientras se mecían,
se hicieron más verdes
de tanta alegría.

Y los diminutos
caballos de mar
parecían gigantes
en su galopar.
A todos los peces
les querían contar
de aquella estrellita
de brillante ajuar.

Por entre las rocas
le avisan al mero,
que nada veloz
y llega primero.
Van los peces ángel
como en procesión.
Se acercan cantando
con mucha emoción.

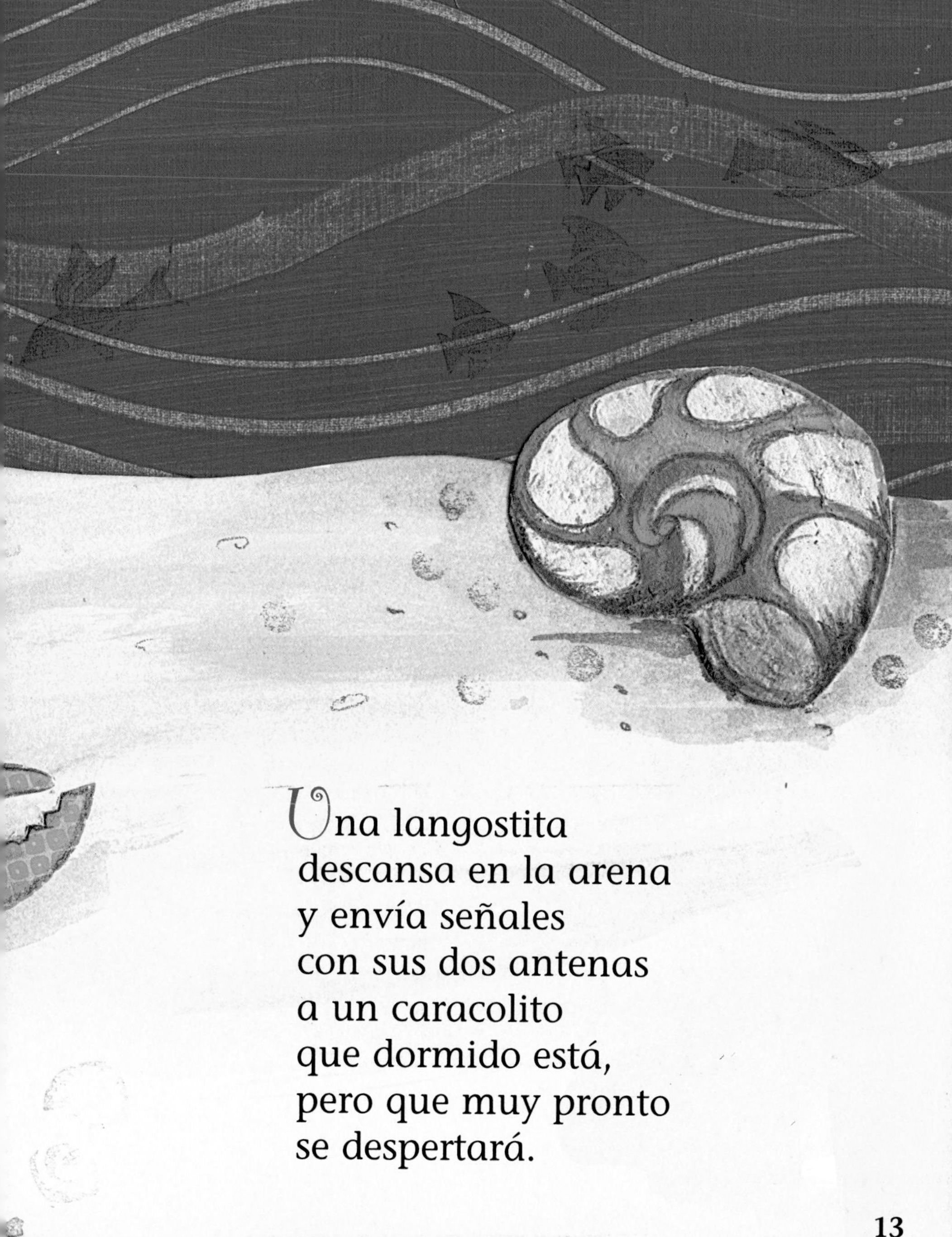

Una langostita
descansa en la arena
y envía señales
con sus dos antenas
a un caracolito
que dormido está,
pero que muy pronto
se despertará.

Y allá, por los aires,
vuelan las gaviotas,
que con sus chillidos
todo lo alborotan.

Ven algo que brilla
abajo, en el mar.
Quisieran sacarlo;
no saben nadar.

Hasta un alcatraz
que pasa volando,
al ver la estrellita,
se sorprende tanto
que abre su bocota
y deja escapar
a un pez que, contento,
regresa a su hogar.

Un delfín observa
muy disimulado
y dos cangrejitos
se acercan de lado.

En la cueva oscura
espía una anguila
que lleva una chispa
en cada pupila.

Un tiburón pasa.
Pasa una ballena.
Los erizos hincan
a Flor, la sirena.

De esta forma quieren
llamar su atención
y que vea la estrella
junto a un camarón.

Tras el arrecife
que está más allá
salta un pez espada,
ondea un calamar.

Y hasta una medusa
que flotando va
sus bellos colores
le quiere mostrar.

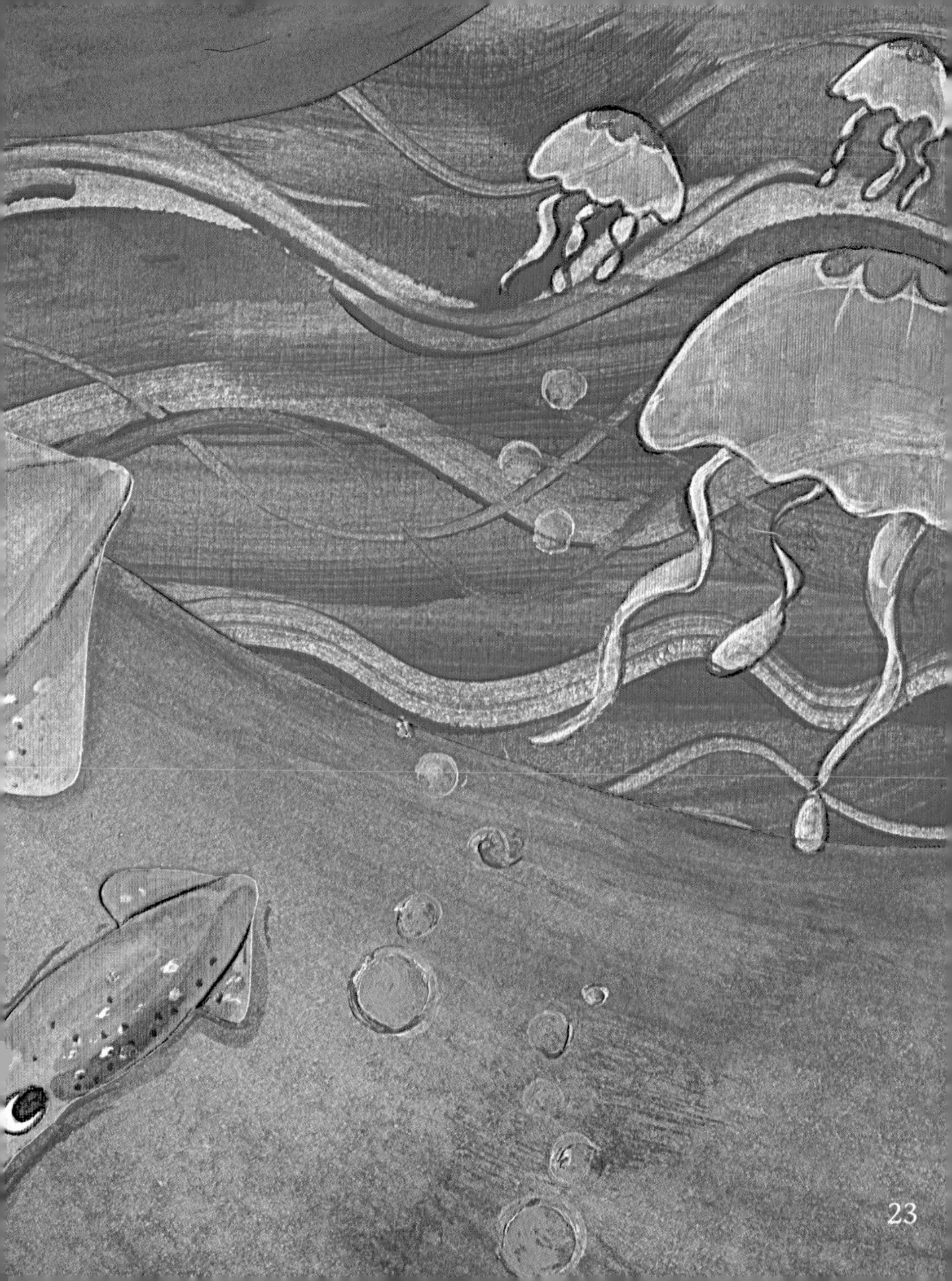

Un pulpo la mira.
–¿Qué la hace tan bella
La almeja se asoma
para ver la estrella.
Todos le preguntan:
–¿Qué te hace brillar?
Y ella les contesta:
–La felicidad.

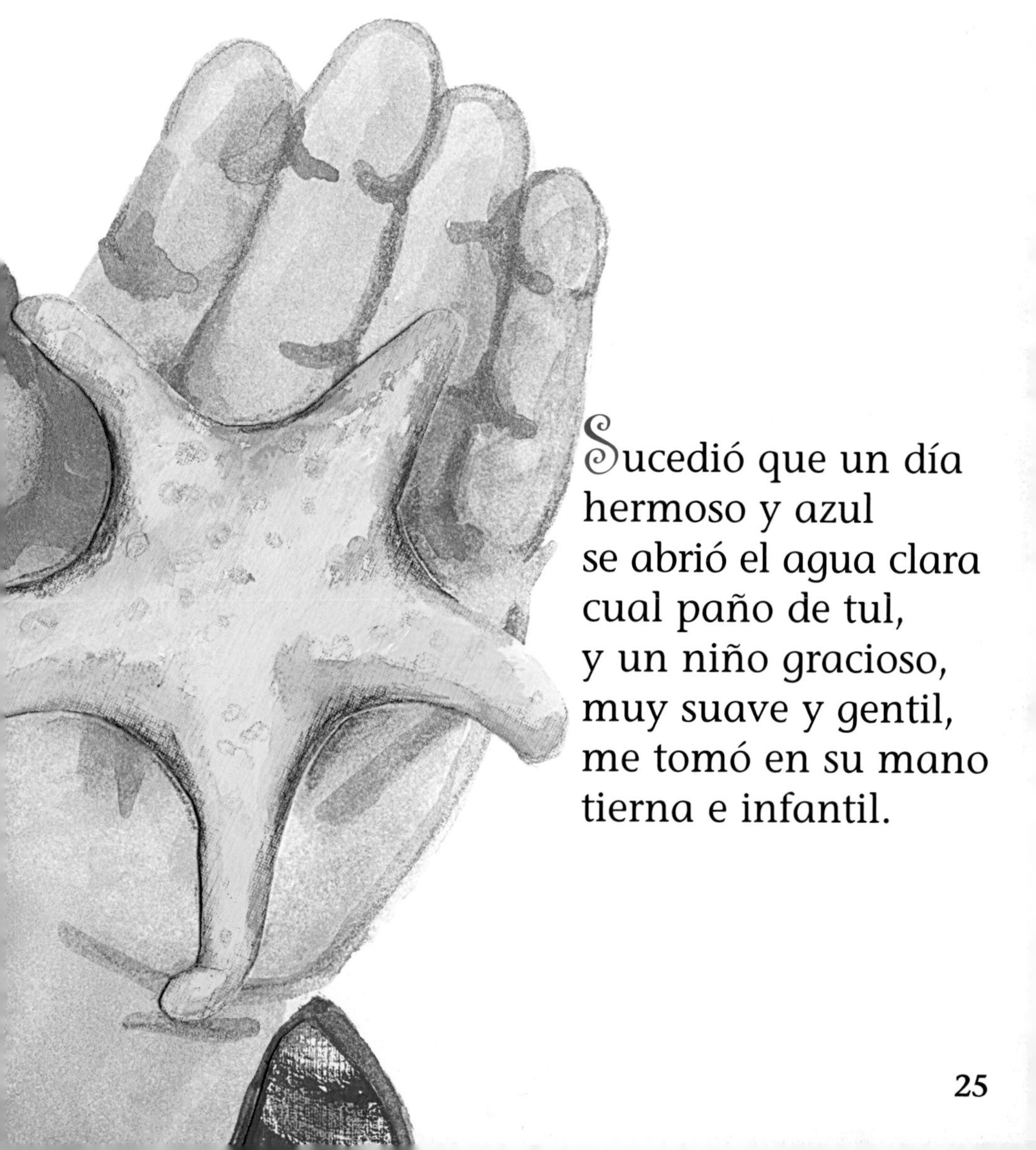

Sucedió que un día
hermoso y azul
se abrió el agua clara
cual paño de tul,
y un niño gracioso,
muy suave y gentil,
me tomó en su mano
tierna e infantil.

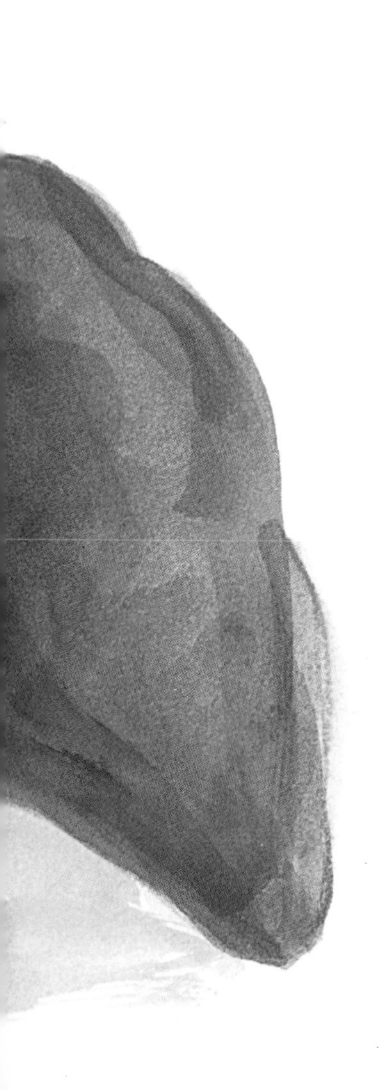

Me sacó del agua,
me llevó a la luz.
Me acercó a una niña
más gentil aún,
que con sus manitas
cariño me dio
y en un dulce gesto
también me besó.

Pero como todo
tiene su final
y todo el que vive
tiene su lugar,
con sus ojos tristes
me devolvió al mar
prometiendo antes
volverme a buscar.

Así regresé,
mirando hacia atrás,
a mi azul palacio
de agua y de sal
con un gran deseo
de ser especial,
para que la niña
me pudiera hallar.

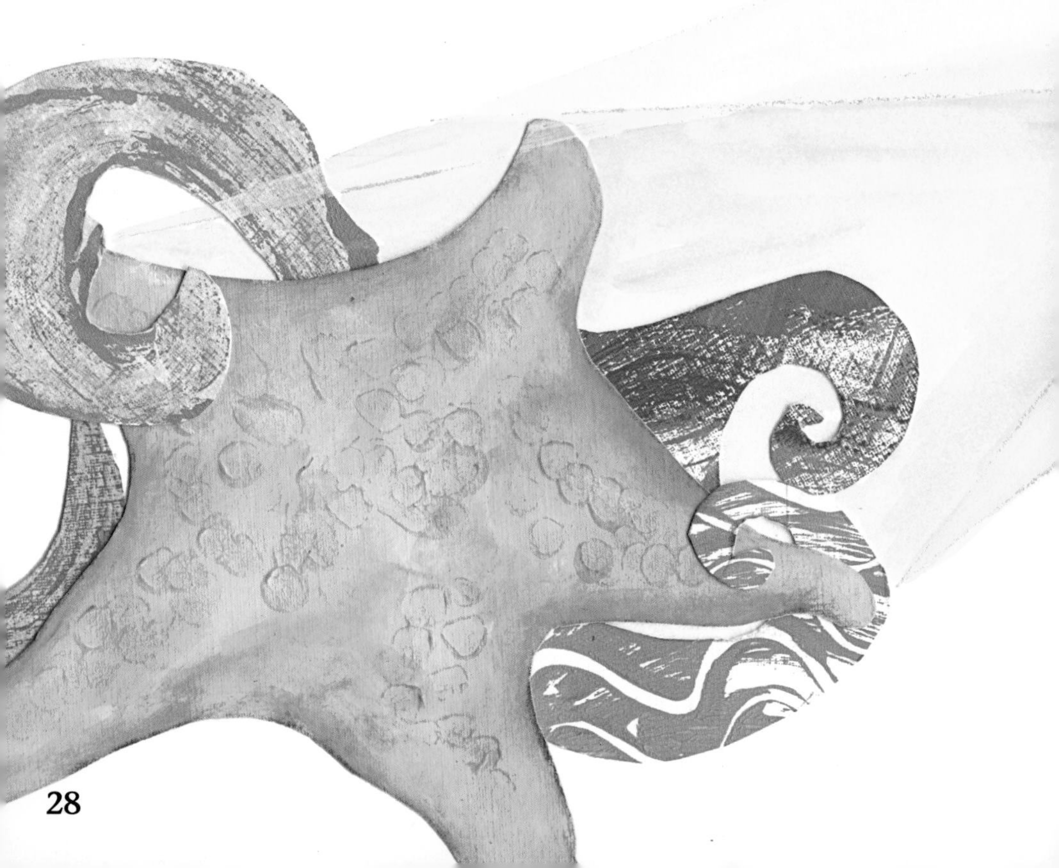

Y luego esa noche,
para mi fortuna,
en el cielo oscuro
se asomó la Luna
que, viéndome triste,
me quiso ayudar;
me envió un rayito
y me hizo brillar.

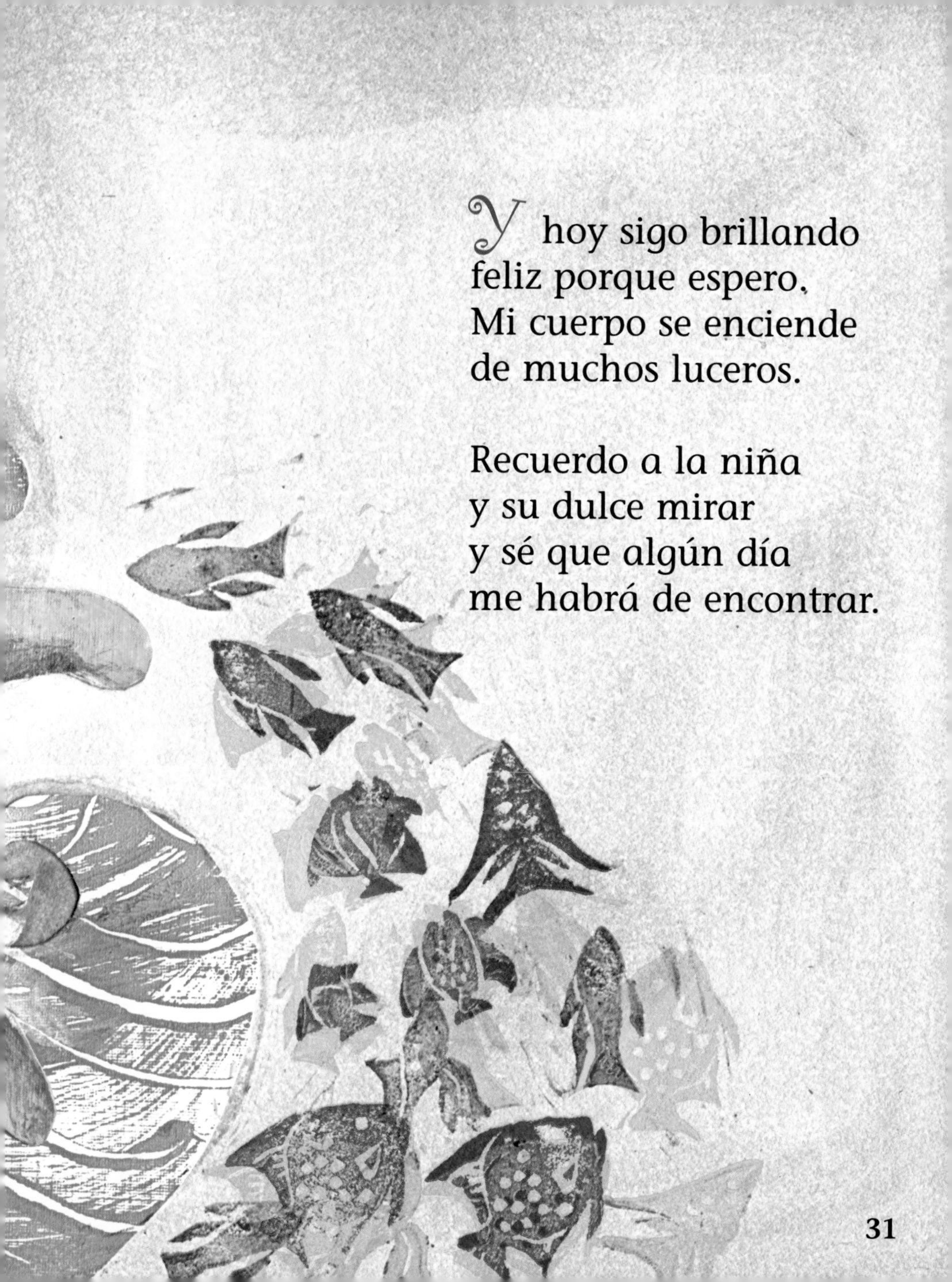

Y hoy sigo brillando
feliz porque espero.
Mi cuerpo se enciende
de muchos luceros.

Recuerdo a la niña
y su dulce mirar
y sé que algún día
me habrá de encontrar.